AQUARIUS

AQUARIUS

AQUARIUS

AQUARIUS

每個人心中都有一座島嶼，

藉文字呼息而靜謐，

Island，我們心靈的岸。

光　　是
想著　你
我就詩了

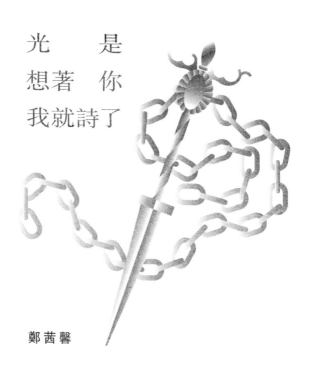

鄭 茜 馨

出格
推薦

以貼近生活的想像、風趣的諧音架構,言簡意
賅地道出相當符合一般人在任何情況之下都
會碰到的酸甜苦辣,特別是在愛情之中,妙語
如珠僅能流於表面,底下布滿的永遠都是荊
棘與傷痕。

吳芬

(詩人)

短短的…也能是…好詩…

財哥專業檳榔攤

(的那個…財哥…)

好想把每一篇都做成meme。

羅毓嘉

（詩人）

舉凡在文字上琢磨諧音雙關轉化比喻王鼎鈞作文七巧等各種文字技法，是作為一位廣告文案必得嫻熟的能力。但若是只有技法沒有洞見，那無子的虎穴可唬不了人。鄭茜馨則是我看過絕不虛晃一招的好手。

初識鄭茜馨時她正是廣告文案，用「低級人士」稱號和搭檔組隊行走廣告圈。時逢傳播大環境數位化社群化，「低級人士」不僅很懂digital，而且熱衷從庶民視野、俗氣美學來創作，戳破虛矯濫調菁英味。「讓你不舒服是我的榮幸」不只是喊喊口號而已。做廣告時的她不打算在現實上澆裹夢幻糖衣，寫詩的她更要以筆代刀剖開任何假惺惺。若被現實逼得胸悶，又沒有時間去一場泰式按摩，看幾則她的詩，一樣能使人酸爽舒暢，痛而快之。

蔣依潔

（奧美群創意總監）

出格推薦……8

雖不致死……17

輯一　光是想著你我就詩了

#放下……20　#撤僑……22　#杯具……23　#影子……24　#考古……25

#下車……26　#止火……27　#像極了疫情……28　#不挑……30

#壞習慣……31　#初戀……32　#輾轉……34　#你不像數學……35

#見光……36　#失物……37　#邏輯……39　#山……40　#算你贏……41

#偏心……42　#請勿活在詩裡……43　#上星期下雨的嗎……44

#告白……45　#心有所屬……46　#愛你的心情……47　#本體……48

#天氣……50　#惹禍……51　#對症……52　#年中考核……53

#愛的登基……54　#如歸……55　#我想像你的詩不想像你……56

輯二　世界很安全，我才危險

#倖存者……60　#系統……61　#修理……62　#莫爭氣……63

#成熟……64　#活得好不過一塊蛋糕……65　#警世……66

#人森……68　#禮物……69　#尚無接觸風險……70　#殉情……71

#器器器器……73　#封鎖……74　#壞天氣……75

#江湖險惡……76　#年末……77　#受詞……78　#如塵……80

#比較成熟那些……81　#童年的消逝……82　#回家……83

#天雨路滑……84　#願你的每一天……86　#日子……87

#通勤……88　#疑似……90　#我的悲傷不假他求……91

#我的憂鬱會押韻……92　#可疑……94　#替代方案……97

輯三　你不會愛我你要先講

#進食的戀人……100　#剩菜……101　#不要玩食物……102

#更新通知……103　#濾鏡……104　#暈船……106

#你這算哪門子寫詩……107　#冤枉啊……108　#不過……109

#沒什麼大不了的……110　#懇請支持……111　#紳士精神……112

#借過……113　#落差……114　#大難……115　#別人的……116

#後遺症……117　#你要嗎……118　#才能……120　#我容易嗎……121

#寧可信其有……122　#振作起來……123　#心裡有鬼……124

#菸……126　#過招……128　#高手……129　#醒……130　#睡……131

#算數……132　#浪子……134　#販劍……135

輯四　信阿姨得早餐

#不要分那麼細……138　#最高級……139　#深淵……140

#變一個人……142　#一手好牌……143　#笑話……144　#網美詩……145

#天能……146　#換個角度想……147　#阿姨我不想努力了……148

#親子丼……150　#下雪……151　#如果我有一座新冰箱……152

#潔癖……153　#知名不具……154　#新貨上架……156　#聊賴……157

#請小心月台奸細……158　#數位合盤……159　#碎玻璃……161

#致密友……162　#抖……163　#自雇者……164　#開花……165

#心事……166　#啞謎……168　#停車才是最難的……169

#中年危機……170　#半吊子……171

仍須致謝……173

雖不致死

卻很要命。

你叫破喉嚨也沒有靈感會來救你的
啊
啊啊
啊——

但是出版社編輯來了

光是想著你我就詩了

#放下

示意圖：高嘉瑜立委的房間。

朋友說
　都過這麼久
也該放下了

我環顧自己的心
　四處堆滿著你
真的放不下了

已經不再是

能向你撒嬌的那種關係了

#撤僑

再不回來的話，怕是回不來了。

為了往後

必須好好活下去的日子

允許我

從你的心撤僑嗎

你總會有新的杯具的

#杯具

衰衰平安。

所以　摔破了這個

沒關係

分開以後,你說

遇見的每一個人

都有我的影子

#影子

你那邊還有光,我這邊是?

你還看得見影子

我的世界從此

伸手不見五指

這麼多年過後

我對你的感情

終究被這文明世界掩埋

#考古

並且唯恐妨礙風化。

唯有在詩裡

才敢一個字　又一個字

小心出土

先下車的人

後來也沒有先到站

#下車

那天在車上看見你和他坐在一起，
我忽然覺得自己好狼狽。

並不後悔逆行

始終是我

耽誤了你

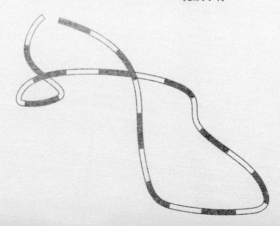

他們說

我和你之間的事

最後還不是　紙包不住火

止火

沖脫泡蓋送。

你是紙

我是火

灰燼是聽說

曾經也那樣燃燒過

#像極了疫情

一時大疫了。

遊走在群聚定義的邊緣

拿捏社交距離的安全

懷疑你的每個呼吸

追蹤你的一切動靜

嚴守內心防線

又覺得什麼

都有點不是滋味

愛情無可救藥地來臨

像極了疫情

就算不明白

自己真正喜歡的　是什麼

那也無妨

因為不挑食的人

往往比較健康

#不挑

活到現在才發現，
心態健全比什麼都強。

一開始總是好的

壞就壞在

壞習慣

原子（彈）習慣。

當我喜歡

我總是喜歡到

他壞掉或是我

壞掉為止

#初戀

而我當時並不知道，
這件事竟在無意間預言了我們的結局。

也有過那樣的時候

用盡全力奔跑

喚前方那人回頭

就為了告訴他一聲「謝謝」

甚至是「喜歡」

但是與他眼神交會的時候

突然羞赧地說不出口

訥訥地竟說了「再見」

曾有過那樣的時候

情感還會燙著自己的舌頭

#輾轉

你怎麼就變成偶數了。

輾轉得知　你現在很幸福

這些年來，時光

將我們輾轉相除

我終究失去和你之間

最後一個公因數

你真的很難

可是，我不是不會

我只是需要

想比較久而已

#你不像數學

數學不會就是不會。

久到現在還在想　你

可是，我知道我會

沒事的，我真的會

#見光

我害怕明亮的人。

別過來，別

靠近我

你的光總是

一時照亮了我

才發現裡面

什麼也沒有

我把自己搞丟的時候

是你　找到了我

但這並不代表你有權

把我據為己有

失物

還望貴單位物歸原主。

像遊戲不代表輸贏

故事未必有結局

像翅膀不等於飛行

夏蟲不需要冰

像相遇不為分離

像路不總能通行

#邏輯

若P則Q。

誠如一切正確的邏輯

我不一定愛你

#山

山不轉路轉。

你是
最料峭的山頭
我是停不住的
下坡

光是想著你

我就詩了

#算你贏

魔王，你淫了。

你總是說

條件好的人這麼多

何必偏要選我

#偏心

從來不在正軌上。

那些都是很好很好的

可是我

早就已經歪掉

很久很久了

雨水直接打進眼睛

陽光普照得沒有陰影

面朝大海,春暖花開

難就難在生命

並非詩句

明明　還有更重要的事情

我每天想著的淨是

昨日的天氣

#請勿活在詩裡

如果我可以更現實一點。

上星期下雨的嗎

乾透的路面

如今一點痕跡也沒有了

#上星期下雨的嗎

你可以再靠近一點。

在有陽光的日子出門

散步　購物　聯絡朋友

記憶　原是可以被蒸發的

陌生的人凝視我的雙眼

無從得知我

是否　曾被你愛過

你那邊也下雨嗎

想著你是何等可愛

即使只傳這一句給你

應該也能讓你明白

#告白

聰明的就懂。

#心有所屬

嚇鼠寶寶了。

被你困住的明明是我
你怎麼就膽小起來了呢
為了把你引誘出來
我簡直　要起司了說

愛你的心情

像週末的早晨

心想著好好把握

總忍不住大把揮霍

而永遠都嫌不夠

#愛你的心情

多麼希望日子天天是你。

#本體

「隱喻是一種危險的東西,
我們不能拿隱喻鬧著玩,
愛情有可能就誕生於一則隱喻。」
——米蘭·昆德拉《生命中不能承受之輕》

之一

我不要花一般美麗的生活
是花　應該像我的生活恣意盛放

我不要雲一般陰暗的哀愁
是雲　應該像我的哀愁隔絕陽光

我不要你　彷彿是我的戀人一樣
是我的戀人
就該像
你本來這樣

之二

你才不像愛情
是愛情　像極了你

喜歡你是雲

也喜歡你是雨

#天氣

怪好的。

喜歡你那裡

分明烏雲罩頂

還笑著對我說

目前雨過天青

看你總是說自己笨

但願你沒發現我

就喜歡惹禍上身

#惹禍

是福不是禍，是禍更惹火。

#對症

不想醫治的那種不治之症。

那種當我發作時

除了你以外沒有別人可以

平復的命定感，原來

不是因為你是醫我的藥

你就是我的病啊

雖然你很難搞

但是卻很能幹

#年中考核

七夕特輯。

作家說　戀愛是一場革命

接著便有人疾呼

革命不是請客吃飯

不是我　在這裡做做文章

君主復辟

需要有人

俯首稱臣

你肯回來嗎

頭也不抬地　我問

#愛的登基

求復合，在線等。

在此賦予你

傷害我的權利

請　燒殺擄掠我的身體

請　塗炭生靈我的思緒

啊啊，文明的支配

如此穩定民心

像一艘破洞的船

遇見一片汪洋的海

像一匹脫韁的馬

失足在一座險峻的崖

#如歸

敢不敢。

和你在一起

我早就抱著

必死的決心

#我想像你的詩不想像你

可我還是忍不住想像你。

我想像你不是你

一如既往帶著笑意

但是沒那麼清醒

我想像你

會不會和我一樣

一想到我們

就變得

不是自己

愛一個人愛得　那麼堅定

近乎孩子氣

我想像你的詩

而不想像我自己的

如果這些感覺都會過去

如果文字　能取代記憶

有點俗氣也沒關係

我想像你的詩　不想像你

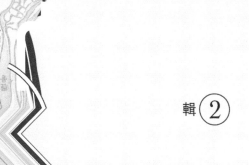

輯②

世界很安全，我才危險

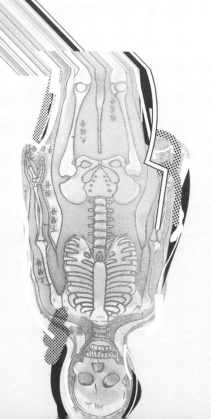

#倖存者

可憐哪。

我尤其心疼你

因為你

是劫後餘生的你

為了若無其事地活下去

你怎麼狠得下心

殺了這麼多的自己

「我們都是系統的一部分」

#系統

互不相容。

不是啊

你沒發現

你是病毒嗎

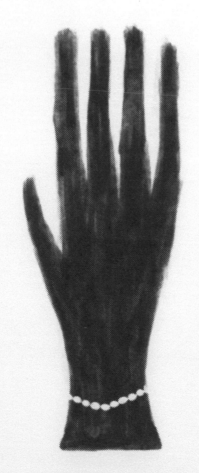

#修理

你是在大聲什麼啦。

這不是有沒有加油的問題

被你修理過後

我連重新發動都沒辦法了

也不知道自己還想再

爭什麼

都已經是這麼一個

不爭的

事實了

#莫爭氣

人生就像一場戲。

#成熟

統統抓去做番茄醬。

不用擔心

等你終於爛透了的時候

他們會說:

你成熟了

真好啊,擁有那種

圓滑細緻的油膩

端坐在玻璃櫥窗裡吹冷氣

#活得好不過一塊蛋糕

我們這種老麵饅頭就是不得人疼。

想起我清清白白的年輕

為了人們口中的彈性

如何反覆摔打自己

就忍不住　發酵

#警世

一個關於前人種樹的恐怖故事。

那些花開得特別茂盛的土地

多半是埋過死人的

#人森

人森，就像安森。

才不是一場馬拉松

賽道與賽場都只

在想像中，我們活在

一座大得使人迷失的森林公園

各找地方野餐和失眠

一再被反覆摺疊

打上一個

難解的糾結

悲劇提供

如此精心的妝點

誰說生命

不是一份禮物

#禮物

還是由你專人直送。

尚無與瘦十公斤有接觸風險

尚無與百萬月薪有接觸風險

尚無與羅伯・派汀森　凱莉・穆莉根

傑森・史塔森有接觸風險

尚無與內心的平靜有

任何接觸風險

#尚無接觸風險

今天的自我價值依然+0。

日子失去了味道

淒涼之感正發燒

很遺憾　我連病都得不到

世界很安全

我才危險

請原諒我再也無法把你

當做我深愛的那個人

你的靈魂我只能依稀辨認

距離像隔了一輩子那樣生分

你並未轉生

是我的心死而

永世不得超生

#殉情

你以為我們還能平常地敘舊嗎。

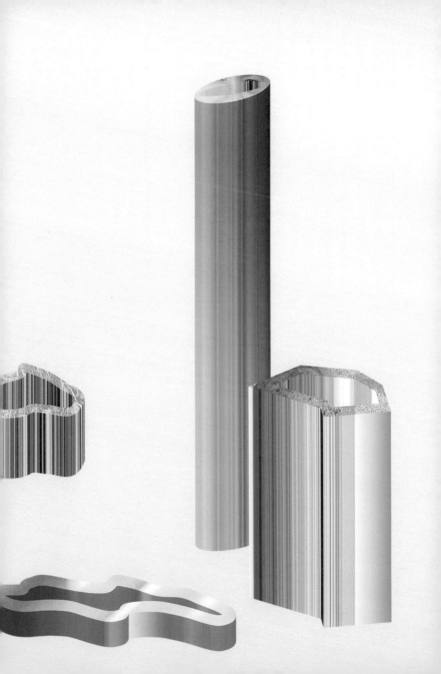

#器器器器器

裝什麼，還不塊陶。

原諒我的不成器

自打那道裂縫存在

我便什麼也

裝　不來了

世界有加我好友

不過我把它封鎖

#封鎖

成熟的人會另開小帳。

不是我和他不夠熟

是我還不夠

成熟

之一

有些人是傘

在某一天難免失散

有些人是雨

若不想總是迴避

就勇敢地去淋

有些人是雷

對　他們就是很雷

#壞天氣

你無法改變天氣，但請你控制脾氣。

之二

有些人是雷

你別怕

反正就

電　爆　他

#江湖險惡

只要你懂海,
海就會幫助你。

有些人是魚(多半有鰓, 還請小心)

有些人是蝦(很瞎之餘, 令人過敏)

有些人

是蚌(啊不就好棒棒)

大部分人是海

也有那麼一些人, 後來

變成了網

心裡都有數:

又糊過一年

我竟然還沒露餡

#年末

冬至特輯。

#受詞

受不了耶。

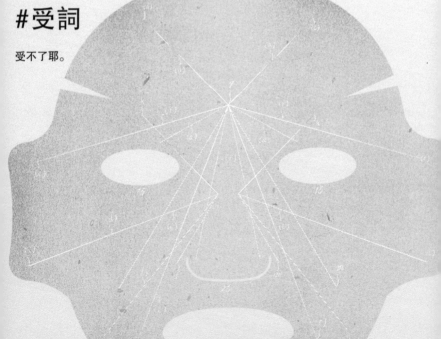

之一

「日子還是要過」

意思是

無論我多難過

日子它

都會一天一天

將我輾過

之二

我怎麼會懷疑人生呢?

我自己才更像

被人生懷疑著的

閒雜人等

#如塵

PM2.5警示。

好不容易沉澱下來的心緒

風一吹的時候

哀愁又四散揚起

塵埃　即生活

愈年輕的紅酒

所需要的醒酒時間愈長

比較成熟的那些　　　　　　# 比較成熟那些

等一下子　他自己就醒了　　　裝醉的那些不算的話。

在成為你們的驕傲之前

我也曾只是

你們的孩子

一個孩子

驕傲取代了他的名字

何至於此

#童年的消逝

愛曾經無關任何形容詞

他只是個孩子啊。

你望著鏡子裡的自己

發現你和父母親愈來愈像了

童年　是一張日益陌生的臉

那些成熟的選擇

有默契地互相唱和：

因為你是大人了

因為你是大人了

為了回家

你必須繞一條很遠的路

#回家

離家很近，離自己很遠。

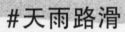

#天雨路滑

我的心每天都在做風颱。

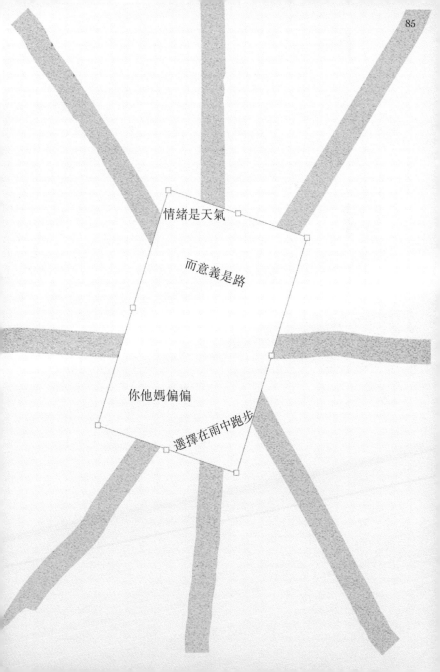

85

情緒是天氣

而意義是路

你他媽偏偏

選擇在雨中跑步

世界面臨危機

需要你

有錢出錢

有利

出日曆

#願你的每一天

都有利可圖。

一事無成的日子

被儀式感

法喜充滿

每天每天

從邊角撕下一片

在手中反覆檢視

是今天嗎？

今天會是那天嗎？

那個特別的日子

如預言般活成我們

所嚮往的美好句子

#日子

今日：宜想不開。

命薄如紙

挑個好日子去死

#通勤

誰再跟我說什麼靈魂體驗的我就一槍送他上路。

特別匆忙

　　　　　同時又　特別無聊

生命

　　　　美其名曰旅行

　　　　　　　大半時間是通勤

隨時消毒

避免接觸

警戒提升至

最高程度

你是我沾染不得的

那一種毒

#疑似

早就知道你很致命，
可我完全沒有抵抗力。

我清白正直的細胞

行蹤可疑卻

無跡可循

每一天，持續爆出新的案例

疑似偷偷愛你

淋雨的是我

下雨的也是我

說謊的是我

上當的也是我

懺悔的是我

原諒的也是我

#我的悲傷不假他求

自產自銷，毫無偷工減料。

愛的是我

不被愛的也是我

自作主張

自作自受　都是我

#我的憂鬱會押韻

無肉令人瘦，有情令人俗。

「你希望我用什麼來毀掉你，

散文還是詩歌？」

我要用最無趣的比喻

將你描述成

雨後的城市

夏天的海

戀人眼裡的月亮

沒有星星的晚上

我要　用過量的諧音

模糊我的真意

或是

製造一些

關於你的爭議

作家已死

而我願意為你

賭上性命

然後我還會押韻

他們派人稽查了我的詩集

而我心知肚明:

把對你的好感

作為寫詩的靈感

難怪

我寫的東西

這麼爛

#可疑

一律都是上游廠商的問題。

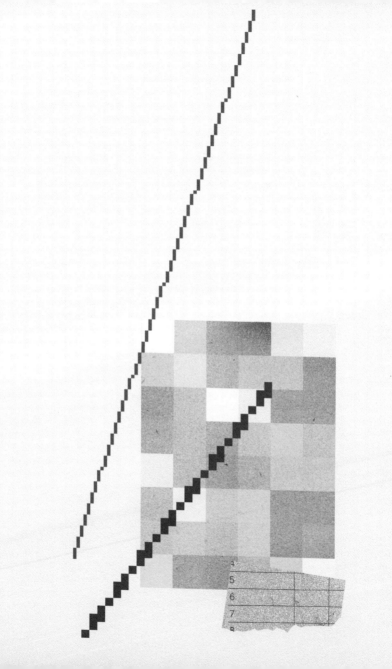

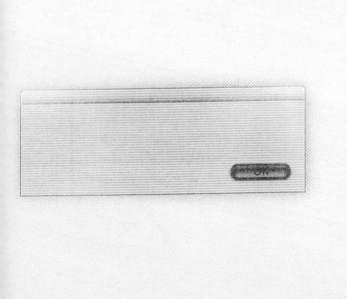

覺得難受的話

體重瘦了,也好

還放不下的話

去放個假,也好

不能想他的話

換成想死

就好

只要懂得下修標準

誰都算得上是幸福的人

#替代方案

你永遠有更好的選擇。

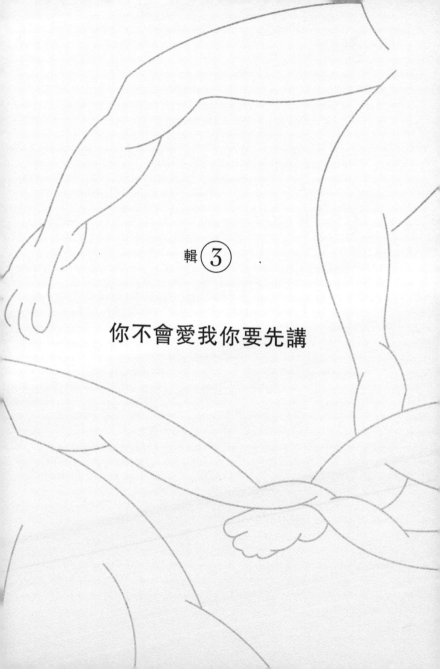

輯③

你不會愛我你要先講

「會、被、吃、掉、啊」

#進食的戀人

給我舔乾淨。

看著你輕巧地舔過嘴角

我的心　忍不住開始

色色發抖

最難消化的是

你明明就說過

我是你的菜

在那樣啃食過後

卻仍把我

#剩菜

剩了下來

吃相還那麼難看。

一直都以為

我是你的菜

#不要玩食物

跟你收服務費10%。

但原來你是

把我當盤子在用啊

不是啊

你不會愛我你要先講啊

不是

我現在有需要

我現在有需要

我現在　不知道什麼情況

你不會愛我而我

其實一無所求

怪只怪　腦海不斷彈出這些

強制更新的念頭

#更新通知

欸你過來一下。

#濾鏡

愛可以超越一切，包括現實。

寧可被扭曲得不成人形

也不願拿下美化你的濾鏡

沒有關係　就當我自己

真心幻覺情

岸　對　海　充　滿　想　像

以　至　於　沒　發　現

#暈船

你讓我想吐。

那　不　過　是　一　陣

巨　　大　　的　　浪

我不過就是

走在同一條路上

經過了　看一看

有些觸動

#你這算哪門子寫詩

這我一定吉。

怎麼你所有的損傷

就全都要由我負責賠償

你這算哪門子寫詩

這是碰瓷

#冤枉啊

小人家住在蘇州的城邊。

冤枉啊愛人

我們的愛情

昨天出門時還活得好好的

怎麼到了你的故事裡

就這麼不明不白地死了

你不好過

而我比你

更加難過

不過

這都是因為我們

曾千真萬確地

活過

#不過

罪過罪過。

沒什麼大不了的

我們的愛情

它還這麼小

#沒什麼大不了的

大不了也就是──

現在拿掉的話，什麼都

不會感覺到，它還這麼小

所以說這怎麼能算是愛呢

沒什麼大不了的

你很快就會再有的

在你猶豫要

選他　還是選我的時候

我沒成功爭取

連任

#懇請支持

搶救！感情告急！

於是我成了你的

前任

#紳士精神

分手以後要有風度。

他說了那麼多的謊言

卻從沒發過一張我醜的照片

早已各走各的很久了

為什麼你還讓我這麼難過呢

#借過

你走你的無間道。

隱沒在人潮裡

回憶不看場合地推擠

我的心一個踉蹌

唉，繞不開你

這輩子還是得走下去

#落差

請謹慎下標。

你是明信片上的風景

濾鏡之下

任何記憶都成了

重遊的勾引

我是網拍寄來的成衣

小瑕疵難免,親

麻煩給五星好評

愛你愛得

死去活來

愛你的我死去

現在的我

才

活了下來

#大難

很多年以後才意識到，離開你竟是一場逃命。

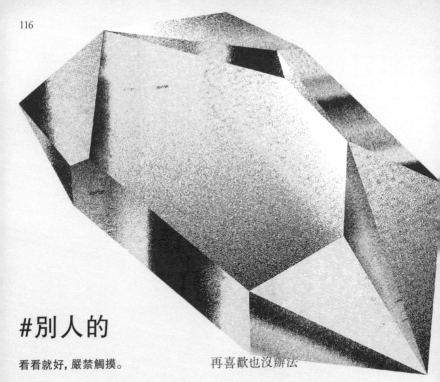

#別人的

看看就好，嚴禁觸摸。

再喜歡也沒辦法

那是別人的

反覆提醒自己

就怕一不小心

要賠的是我

碎掉的也是我

被你愛過，後來

總算是康復了

但是關於愛的知覺

卻再也回不來了

#後遺症

什麼是愛，可以吃嗎？

#你要嗎

歡迎打包。

活到現在才遇見你

像宴席上讓菜

珍惜又唯恐失禮

怯怯地問：

「要嗎？

我的靈魂還有剩」

#才能

只靠努力是沒有用的。

要怎樣才能
讓你喜歡上我呢

對於許多事
我都很有天分
偏偏就沒有
懂你的
才能

我容易嗎我

我一向簡單

難的是你

#我容易嗎

SSR等級。

可難得也是你

都是因為神經過了我
我才變得如此
神經

#寧可信其有

鬼月特輯。

都是因為鬼扯開了你
你才不得不這麼
鬼扯

愛情的存在毋須證明
戀愛的人向來並不鐵齒

關於我遲到的原因
必須歸咎於
某個讓我想不起來　的夢境

想起來也不過是
早晚的問題
每晚睡前都告訴自己：
醒來就要忘記

#振作起來

我賴的不是床，是活。

#心裡有鬼

被自己的感情嚇瘋。

睡不成眠的夜晚

我察覺到某種未知的存在

鎮定地安慰自己

不會的、不會的

只要我不相信

它就不是真的

這一切　一定只是我

自己嚇自己

等到明天

四周都有人的時候

我又會像不信世上有鬼的人那樣

懷疑自己

怎麼可能愛你

\#菸

丞相，
起風了。

和你聊天

你忽然把我

　拉向一邊

　剎那間，我的心

　　像打火機擦響黑暗

　　被你點燃

　　你比誰都曉得

　　自己對我的危害

可是依然

只憑一根菸的工夫

　　又讓我輕易落入

　　感情的下風處

喜歡你

是如此鋒利

隨時可以

#過招

置我於死地

求你賞我一個痛快吧。

偏偏你

像看穿我的居心

每一次

總對我手下留情

像設計師總問

上次在哪剪的

怎麼會剪成這樣

#高手

連設計師都懂PUA。

我分不清

對於我殘破的心

你究竟是心疼還是　嫌棄

「你睡了嗎」

只有在夢裡
我才有膽這麼問你

#醒

睡了吧，夢裡什麼都有。

「你醒醒好不好」

而每一個睡不著的夜裡
我都這樣逼問自己

早晚會結束的

這種因為你而失眠的生活

天氣已經開始變冷

冬天可以非常漫長

我將自己縮進被裡

即使你在夢裡也不會想起我

那都是醒來以後才要面對的事了

#睡

睡你與被你睡，我唯有睡。

之一

不明白的是

為什麼你能這麼簡單

就把我

完全整除

#算數

我的數學老師是不是時常請假。

而我除了你

還是你　怎麼樣

都除不盡

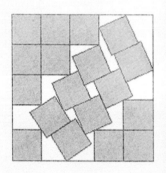

之二

試證明
你就是我的全部

除了你
我便什麼
也不剩
這樣　還不算數嗎

一遍又一遍吻上我

你的侵蝕遠比沉積更多

直至有天我

終於連

浪子

站得住腳的地方也沒有

是岸你娘。

才明白

回頭　並不是岸

每當人們談起
鋒芒畢露的你
我便想起曾經
在烈火裡
千錘百鍊的往事

我所鑄就
而我卻毫無防備的
你如今是英雄了
而我是誰呢

#販劍

異世界轉生的悲劇。

有著說了也沒人信的故事
我誰都不是
不是魔王　不是夥伴
僅是旅途的一站
不是魔王　不是夥伴
我之於你, 單純
販劍而已

輯 ④

信阿姨　得早餐

#不要分那麼細

都是一家人。

啊不都一樣

既然

我養的貓你也有餵

那我的傷心

就是你的不對

不能夠再被愛更多了

#最高級

這我怎麼承受得起。

在你還愛我的時候

在你不愛我以後

都是這麼想的，我

#深淵

當你凝視深淵的時候

不忍直視。

深淵卻別過頭去

認識的人都說
自從那件事過後
他怎麼就
完全變一個人

#變一個人

不然是會變兩個人膩。

不就是因為
自從那件事過後
他完全變一個人了嗎

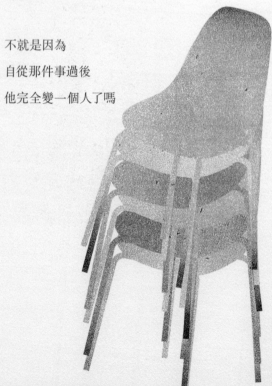

「這不是很可惜嗎

你都有一手好牌了」

他們說

既是遊戲

總得有人才能玩下去

#一手好牌

不愧是遊戲boy。

「我在下的

是一盤很大的棋」

兩個困於荒島的人獲救

其中一個大叫：

「我們活下來了!

我們要回到文明世界了!」

另一個人皺眉罵道：

#笑話

聽過一個笑話：
蒼蠅媽媽和蒼蠅寶寶在吃飯，
蒼蠅寶寶問：「媽，為什麼我們要吃大便?」
蒼蠅媽媽：「吃飯的時候不要講這麼噁心的事!」

「這麼開心的時候你一定要提這個?」

寫點詩怎麼了，不爽的話

你可以　不要看啊

什麼叫我有修

難道你會把你坑坑疤疤的心

就這樣po出來，給陌生人看嗎

現在的人誰不是這樣

我也有生活要過

詩裡業配我的傷心

也都是　我真實的感受啊

怎麼了，我也不過就是

寫點詩而已

#網美詩

繼流量詩、業配文以後的
社群新文體。

#天能

爆雷預警。

在焦灼的局勢來回往返

從奔流的決斷緊急迴轉

我逆著時間走

但願你有天能認出我

而你在端詳我過後

只說：

你是不是打了鳳凰電波

只要你不尷尬

尷尬的就是別人

只要我不幸福

幸福的就是他們

#換個角度想

好像也是很有道理。

#阿姨我不想努力了

在下阿姨我本人。

很累很累的時候，允許自己

不早起　亂穿衣　奶茶加冰

活著是地獄而死去是罪名

神礙世人

信阿姨得早餐

先有雞還是

#親子丼

先有蛋

問生命的大問題，
找生活的小答案。

先　好好吃飯

下雪天冷我天冷我不冷

#下雪

一種讓你不怕冷的咒語（請自行標點）。

#如果我有一座新冰箱

大體而言。

如果我有一座新冰箱

我腐壞的那些部分

還救得回來嗎?

弱水三千

我只取一匙靈

潔癖

情人眼裡容不下一粒渣。

#知名不具

猜猜我是誰。

陷阱總不好叫自己陷阱

於是戀愛成了他的藝名

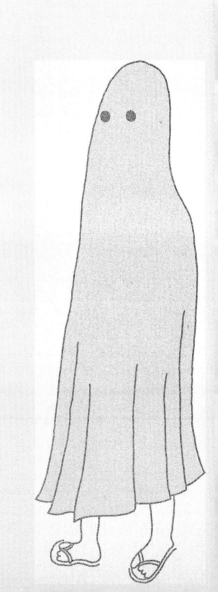

156

#新貨上架

什麼帶一件，我根本包色了我。

看看噢

這些剛到貨的煩惱

上面簡直全都

寫著你的名字

就連我自己

也有帶一件

怪都怪這

該死的生活是多麼

百無聊賴

讓你跟我

整天聊賴

聊賴

你這無賴。

#請小心月台奸細

欸~你們、認識噢?

我們明明　都是捷客

為什麼你

意圖開車

與其合生辰八字

不如先盤算我倆的名字

　　湊不湊得出一個

門當戶對的 #hashtag

#數位合盤

像 #品學兼優 這種，
印在喜帖上多好看。

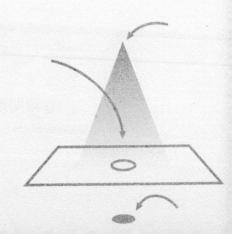

這種會傷人的渣

竟然

可以回收

#碎玻璃

爛人也懂永續經營。

#致密友

不好意思我這個人就是這麼直。

想念你們

淫零般的笑聲

女抖音

男抖內

#抖

我只要抖森就好。

自雇者

#自雇者

自雇不假。

在職業欄寫下這三個字後

想著，可是我

明明就

自顧不暇了

梅花梅花幾月開

二月不開

#開花

這樣下去不會有好結果的。

想不開

#心事

刺激性太高會灼傷，大概稀釋到5%比較安全。

很濃

建議與眼淚一起

稀釋使用

#啞謎

元宵特輯。

始終沒猜出

你為何突然

捻熄了我

莫非是因為

我　不是省油的燈（燈愣燈愣）

不是努力或天賦

其實是空間的問題

再怎麼偏離

也不致碰壁

有足夠迴旋餘裕的人

總能安然無虞

#停車才是最難的

「把握時間，掌握方向」——電影《陽光普照》

#中年危機

五星好評都是洗出來的。

心地，一種被

反覆打磨

的質地

脾氣，隨時間

日漸淡去

「一個溫和的好人」

人們如此形容你的

那一天

中年危機正式降臨

寫　過　一　些　詩
但　是　都　不　好

愛　過　一　些　人
但　是　都　不　疼

#半吊子

做什麼都不徹底的我。

想　過　幾　次　死
也　僅　止　於　此

仍須致謝

才怪咧，我寫不出來了啦。

天下無難詩
只怕有新人

國家圖書館預行編目資料

光是想著你我就詩了／鄭茜馨著. -- 初版.
-- 臺北市 : 寶瓶文化事業股份有限公司,
2022. 05
　面 ； 　公分. -- (Island ; 316)
ISBN 978-986-406-290-4 (平裝)

863. 51　　　　　　　　　　111004728

Island 316

光是想著你我就詩了

作者／鄭茜馨
企劃編輯／林婕伃
封面設計／陳毅勳
內文版面／陳毅勳

發行人／張寶琴
社長兼總編輯／朱亞君
副總編輯／張純玲
資深編輯／丁慧瑋
美術主編／林慧雯
校對／林婕伃・劉素芬・呂佳真・鄭茜馨
營銷部主任／林歆婕　業務專員／林裕翔　企劃專員／李祉萱
財務主任／歐素琪
出版者／寶瓶文化事業股份有限公司
地址／台北市110信義區基隆路一段180號8樓
電話／(02) 27494988　傳真／(02) 27495072
郵政劃撥／19446403　寶瓶文化事業股份有限公司
印刷廠／世和印製企業有限公司
總經銷／大和書報圖書股份有限公司　電話／(02) 89902588
地址／新北市新莊區五工五路2號　傳真／(02) 22997900
E-mail／aquarius@udngroup.com
版權所有・翻印必究
法律顧問／理律法律事務所陳長文律師、蔣大中律師
如有破損或裝訂錯誤，請寄回本公司更換
著作完成日期／二〇二二年一月
初版一刷日期／二〇二二年五月十二日
ISBN／978-986-406-290-4
定價／三二〇元
Copyright©2022 by Cian Sin Jheng
Published by Aquarius Publishing Co., Ltd.
All Rights Reserved
Printed in Taiwan.

愛書人卡

感謝您熱心的為我們填寫，
對您的意見，我們會認真的加以參考，
希望寶瓶文化推出的每一本書，都能得到您的肯定與永遠的支持。

系列：Island 316　　書名：光是想著你我就詩了

1. 姓名：_____　　性別：□男　□女

2. 生日：_____年_____月_____日

3. 教育程度：□大學以上　□大學　□專科　□高中、高職　□高中職以下

4. 職業：_____

5. 聯絡地址：_____

　　聯絡電話：_____　　　手機：_____

6. E-mail信箱：_____

　　　　　　□同意　□不同意　免費獲得寶瓶文化叢書訊息

7. 購買日期：_____ 年 _____ 月 _____日

8. 您得知本書的管道：□報紙／雜誌　□電視／電台　□親友介紹　□逛書店　□網路

　　□傳單／海報　□廣告　□其他

9. 您在哪裡買到本書：□書店，店名_____　□劃撥　□現場活動　□贈書

　　□網路購書，網站名稱：_____　　□其他_____

10. 對本書的建議：（請填代號　1. 滿意　2. 尚可　3. 再改進，請提供意見）

　　內容：_____

　　封面：_____

　　編排：_____

　　其他：_____

　　綜合意見：_____

11. 希望我們未來出版哪一類的書籍：_____

讓文字與書寫的聲音大鳴大放

寶瓶文化事業有限公司